KB120616

유리창 한 장의 햇살

시작시인선 0302 유리창 한 장의 햇살

1판 1쇄 펴낸날 2019년 8월 26일
1판 2쇄 펴낸날 2020년 7월 29일
지은이 최석균
펴낸이 이재무
책임편집 박은정
편집디자인 민성돈, 장덕진
펴낸곳 (주)천년의시작
등록번호 제301-2012-033호
등록일자 2006년 1월 10일
주소 (03132) 서울시 종로구 삼일대로32길 36 운현신화타워 502호
전화 02-723-8668
팩스 02-723-8630
홈페이지 www.poempoem.com
이메일 poemsijak@hanmail.net

ⓒ최석균, 2019, printed in Seoul, Korea

ISBN 978-89-6021-444-6 04810
        978-89-6021-069-1 04810(세트)

값 10,000원

*이 책은 경남문화예술진흥원의 문화예술지원금을 보조받아 발간되었습니다.

유리창 한 장의 햇살

최석균

천년의
시 작

시인의 말

시의 강에 배를 띄우고
물비늘로 일던 시어를 좇았으나
어망은 비어있었다.

부유의 길, 무엇으로 허기를 채울까.
죽은 지 오랜 시를 버무려 소반에 올린다.

선상에서 마주한 따뜻한 눈빛과
강변에서 잡아준 고마운 손의 온기는
여백의 그릇에 담았다.

차 례

시인의 말

제1부

오디

색깔 있는 것은
물들이는 힘이 있다

하늘에서 땅
손끝부터 혀끝까지

가슴 아프게
힘의 약발이 진하게 먹힌 가슴까지

거짓말같이
하얗게 빨갛게
사랑한 날의 눈빛까지 까맣게

유리창 한 장의 햇살

유리창 한 장으로 들어온 햇살이 바닥에 앉았다. 환한 자리에 발을 담가본다. 손을 적셔본다. 따뜻하다. 오래 보고 있으니 조금씩 기운다. 네게로 향하는 정직한 마음처럼 옮겨 간다. 지금껏 네 주변으로 다가간 몸의 열기 마음의 빛, 그렇게 살아있다. 네모거나 둥글거나 쉬지 않고 움직이고 있다. 너 아닌 존재의 그늘에 떠오른 눈빛 하나, 너 아닌 존재의 그늘까지 쓰다듬는 심장 하나, 안 보이던 것이 선명할 때는 모든 길이 너를 향해 열린다.

나무를 만진다

나무는 사람 손길 닿는 것을 좋아해서
사람 소리 들리는 쪽으로 푸릇푸릇 냄새를 뿜는다

사람은 나무를 만지는 것을 좋아하고
사람은 나무 냄새를 맡으면서 푸른 물이 든다

나무 냄새 나는 사람과 사람 물이 든 나무가
마주 눕고 만지다 닳은 집에서
나무는 몸을 반짝이고 나는 몸이 간지럽다

나무와 사람은 서로 세 들어 사랑해서
얼굴이 안 비치는 순간 빛과 냄새를 놓아버린다

나무 집이 허물어지도록 돌아다니다가
푸른 물이 다 빠진 몸으로 돌아온 나는
나무가 나를 만진다고 생각하고 눈치 없이 군다

벌기 충蟲

할아버지 유품을 꺼내
거풍擧風하던 날 보았다

벌레한테 갉아 먹히고 있는
고서 표지 모서리에 적힌
내 어릴 적 필적

삐뚤삐뚤 기어가는 '벌기 충'

할아버지는 벌기로 말씀하시고 가르치셨다
벌기로 받아쓰며 읽던 나는
고향 탈피 후 날개를 달았지만

유품 상자의 굴레를 벗어던지지 못한 채
고서 속 글을 되새김하며
벌레로 말하고 적기 시작했다

파먹을수록 허기지는 동굴 속에서
벌기로 배설하며 기기 시작했다

비행 일기

초파리인지 모기인지 난데없다
출처를 찾아 따라가 보니
수입 포도 봉지, 양파 보관 박스에서
비행 물체들이 솟는다

쉰내, 썩은 내를 타고 오르는 무명의 펄럭거림
몇 겹의 파도와 능선을 넘었느냐
신천지에의 꿈이 시공을 뚫고
반복된 몸의 일부가 비행을 완성했으리라

버려뒀거나 잊고 있었던 것은
날개를 띄우는 힘이 있다

날것 깊숙이 던져진 벌레들은
허물을 벗기 위해 암흑을 빨며 기다렸으리라

때를 안 가리는 탈바꿈을 보라
보고도 믿기지 않는 비행을 보라
날개들의 부단한 여정을 위해
부패는 반복되고 공간은 잠식당하고 있음을

안쪽

울타리가 쳐졌고 안쪽이 생겼다
안쪽은 샘터, 예고 없이 피운 물안개로
울타리의 겨울과 밤을 덮었다

안쪽은 파랑을 몰고 섬처럼 떠다녔다
봄이 오지 않아야 한다는 말의 파고는 높았고
울음이 큰물질 것이라는 예감은 적중했다
채찍비를 맞은 다음 날엔 유난히
울타리의 눈송이와 별이 빛났다

안쪽은 물의 나라, 태생적으로 구름을 사랑했다
안쪽은 울타리에 구멍이 나는 것이 무서워
태풍의 눈 속으로 숨어드는 걸 좋아했다

울타리는 작아지고 정교해졌다
안쪽의 원천이 궁금해 발꿈치를 들면
눈사태가 나거나 은하수가 쏟아졌다
안쪽의 사랑은 안전할까 파란에 빠지는 건 아닐까

얼음이 배달되지 않는 사건보다

연무가 깔리지 않는 현상에 민감했기에
구름은 자주 울타리에 불을 지폈다
그때마다 안쪽엔 물이 흐르고 안개꽃이 피었다

십구로 반상盤上*

하늘에서 놀던 일월성신이
땅 위로 내려와 뒹구는 쉼터다

밤낮 마주한 눈과 가슴으로
일 년 치 정담을 피우기 좋은 사랑채다

등 돌린 사람 또 불러내서
미운 정 잔뜩 안겨 주고 싶은 외나무다리다

아픈 나와 가난한 네가
낯 뜨겁게 돌아보며 웃는 흑백사진이다

잘못 디딘 길 찾아내 꽃을 심는
낙화마저 살아나 반짝이는 비무장지대다

---

* 십구로 반상盤上: 가로세로 19줄, 361집 바둑판을 일컫는 말.

안민동

내가 사는 동네 안민동에는
오르내리면 편안해지는 안민고개가 있다

뻗어나가던 길이 안민동을 지나면 너그러워지고
막혔던 심사가 안민고개에서 풀린다

산짐승과의 만남은 정겹고
복면들의 출몰은 새롭다

헛기침이 옆구리를 툭 치고 갈 때는
돌아보지 않는 게 좋다 등 뒤엔 꽃이 피니까

고개 너머에는 바다가 있지만
멀고 긴 그리움은 남기지 않는 게 좋다

태평한 나라로 가는 길이 따로 있을까
비탈진 시간 위에 안민고개 하나 걸어두자

맨얼굴이 가면일 때가 많은 날이니
발치에 안민동 하나 세우고 살자

정체

비가 오는 날이 잦다

동시다발
길이 막히는 날이 많다

집으로 가는 길은 갈수록 멀어지고
서로가 서로를 막고 서서 숨 막히게 만드는
길의 정체는 알 길이 없다

갓길에 서서
눌린 허리를 펼 때
얼핏 스친 풀숲의 눈빛은 지렁이이거나 뱀일지 모른다

꼬리를 물고 피어나는 붉은 정체는
어디가 머리이고 몸통일까

어둠 범벅 속 좌우로 휘어지던 정체의 윤곽이
잡힐 듯 숨고 사라질 듯 나타난다

윈도 브러시 너머로

구물거리는 얼룩이 날아간다

밤 무지개가 뜨리라
축축한 시간의 때가 닦이고

해묵은 길의 정체는
눈 감지 않는 기다림으로 풀리리라

긴 비가
집으로 가는 따뜻한 마음 위에서 멎듯

두려움과 의심의 장막이
직시에 걷히듯

자충수*

밥을 먹다가 혀를 씹었다
장작을 패다가 발등을 찍었다

등지고는 못 살 너를 마주하면서
길이 끊기고 암운이 깔렸다

꽃을 심듯 다가간 발자국이 발목을 잡는 땅
숨죽인 신음이 손끝을 타고 흘렀다

나 살자고 던진 돌들이 화산재처럼 떨어졌다
뜨겁게 손을 내밀었으나
불이 붙어 날아온 말의 덩어리가
뼈저린 그리움마저 무디게 만들었다

하고많은 사랑 중에
죽고 못 사는 사랑을 하다가
애간장 끊기는 줄을 몰랐다

---

* 자충수: 바둑에서, 자기 돌을 자기 집 안에 놓아 스스로 자기의 수
  를 줄여 자기의 돌이 죽게 만드는 일.

청신호

장마가 시작되었다
치솟던 새순 늘어지고
여린 잎들 깃을 친다
새가 앉았다 갔는지 모른다
꽃이 앉았다 간 줄 몰랐던 때처럼
때를 놓치는 내 기다림은
새롭다 청신호다
애초에 간 적 없는 당신을
찾아 나섰는지 모른다 먼 데까지
없는 길을 만들어서
길을 잃고 흔들리는지 모른다
헛걸음친다 하지 말자
파랑새로 파닥거리는 날갯짓
때를 놓친다 한들, 서리를 쓴다 한들
당신께 가는 마음 청신호다
오래 젖어 몸겨눕는다 한들

손가락에 장을 지졌다

문을 닫다가 손가락이 끼였다 장을 지지면 직방으로 낫는다는 말이 왔다
끓인 조선간장에는 화상을 입지 않는다는 말이 따라왔다 그 말에 질끈 용기를 냈더니 손톱이 빠졌다

거짓말이면 손에 장을 지진다 정말, 어떤 말이 손톱을 빼 갔을까
뜨거운 것이 들어왔다 나간 후, 장미라 했고 불면이라 했을까, 흘린 말이 바람에 날린 건 아닌지

손끝에 힘이 들어가지 않고 손톱이 나올 것 같지 않은 막막함이 속살을 짓눌러 일그러뜨렸다
비밀이라 했고 아프다 했고 나쁜 사람이라 했을까, 정말이라는 단서는 몇 번 붙였을까

그날 밤 날아간 하얀 새와 손톱달에 대해, 극통의 가슴에 대해 물어보는 건 괜찮을지
떠났다고 단정한 것이 거짓말처럼 안에서 살아나 유무형의 낙인을 찍기 시작했다

지지거나 뽑아낼 수 없는 본능적으로 장착된 무기가 방어
막을 치며 속살까지 복원해 낼 줄 몰랐다
　그 사람 만나면 손바닥으로 전해진 체온의 높이와 물렁한
쪽으로 뻗어간 말의 깊이에 대해 물어봐야지

　몸에서 나간 것은 삼 년 안에 돌아온다는 말의 진의를 몸
이 먼저 아나 보다
　문을 닫을 때, 손가락을 움켜쥘 때, 온몸이 장을 지지듯
움찔움찔하는 걸 보면

창원昌原

비가 올 때 빛나지요
눈이 덮일 때 눈부심보다는요
울퉁불퉁한 산야를 평면으로 누르고
구부렁한 과거를 직선으로 펴서
젖지 않는 빛의 옷을 입혀 놓은 도시
안민安民고개에 올라서서 보면
낮보다는 밤이 아름답지요
꺼지지 않는 빛의 열기가
물안개로 피어나리란 말보다는요
번창하는 평원의 내일이
동서로 남북으로 뻗치리란 말보다는요
밤물결 위에 별이 떠 찰랑이듯
비 오는 밤에 꽃 피는 말이 아름답지요
안민고개에 올라서서 보면
흔들흔들 왔다가 구불구불 넘어가는
사랑의 불빛들이 아름답지요

안민동 이웃

11층에서 승강기를 기다리는데, 문이 열리자마자 5층에 사는 이웃 가족이 우루루 내리려다 말고 어? 아니네, 도로 들어가 함께 타고 내려오는 중이었지요. 아까 1층 안 눌렀나? 난 엄마가 누른 줄 알았지. 그것도 안 누르고 뭐 했노? 엄만 왜 안 눌렀는데? 문이 열릴 때까지 티격태격.

부쩍 이런 일이 생기는 걸 보면, 보다 못한 하늘이 아랫집 윗집 인사나 나누라고, 하늘 정원 한쪽에 특별한 자리를 마련해서 한바탕 웃어나 보라고, 거꾸로 가는 일이 허다한 정신없는 날에 뭐 그런 시간 한 번쯤이야, 그렇게 하늘의 뜻이 작동한 건 아닐까 짐작을 해보곤 하는 것이지요.

당신은 반집*

가상의 집이다
신神의 영역이라고 일컫는
둘이서 만들어가지만 함께 깃드는 수가 없는

가끔 문을 열려다가, 이럴 수가?
보였다 안 보였다 자칫 정신을 놓기도 해서
번개 같은 집이다
아무 때나 보이지 않고
어쩌다 보는 순간 눈이 머는 수가 있어서

천상天上 곳곳에 떠다니는
절반의 집이지만 절반씩 나누는 수가 없는
달 같고 구름 같은 집이다

당신과 내가
이 땅 가시밭길에 찍은 발자국,
이 땅 캄캄한 하늘에 뱉어낸 소리는
반집을 다툰 형국, 그 이상 이하도 아니어서

끝내기에 든 시점엔

그냥 묻어두는 게 좋은 집이다

찾지 않는 게 편한 집이다

---

* 반집: 바둑에서 먼저 두는 흑 쪽이 덤을 제하는 데서 나오는 개념.
  빅을 없애기 위해 만든 집(6집 반 혹은 7집 반).

면벽面壁

빛에 끌려 눈을 떴다
가부좌 튼 아내가
고도로 천장을 응시하고 있다

절정에 놀랐지만
손에 쥔 파리채를 확인하는 순간
도로 눈을 감았다

이게 누굴 따라 들어왔을까
모깃소리보다 예리한 음파가
돌아누운 귀청을 팠다

내가 눈뜰 가능성이 없다는 것을
아내는 잘 안다 하지만
심중에 세우고 있는 평화의 나라는 모른다

면벽하는 등짝으로
파리채가 죽비처럼 날아왔다

오밤중 몸으로 쓴 피의 역사는

누가 읽고 듣는가

야단법석의 장면을 덮어쓴 채
또 도로 눈을 감았다

제2부

경칩

내 손에 화상을 입은 몸들이
눈을 뜨는 뜨끔한 날이다

내 말에 덴 마음들이
와글와글 문을 긁는 이명耳鳴의 날이다

개구리를 잘못 만지면
화상을 입힐 수 있다는 말을 들은 후
내 시청각에 생긴 이상 징후들

몰래 다가오는 손길에
등이 뜨거워지고 목이 타고
냉가슴 팔딱팔딱 뛰기까지 하는
놀라운 날이다

배롱나무 편지

매미 소리에 귀가 열리고 더위 먹자마자 입술이 열려요.
속엣말 단문 장문으로 쏟아붓고 있어요. 세 번 피었다 진다
는 옛말은 이별의 끈 놓을 줄 몰라 애를 태운 붉은 시간이
쉼 없이 입김으로 딸려 나온다는 말이에요.

사람들이 모를 심고 풀을 맨다.
푸른 시간 속을 매미가 울다 가고 벼꽃이 피고 진다.

더위 가시듯 갑니다. 마지막 꽃잎이 질 때쯤 나락이 익겠
지요. 가지마다 막바지 숨까지 풀어낸 뒤 길가 무덤가 서성
이는 것은, 가지 끝에 매달린 갈색 시간이 하얀 쭉정이들로
깔릴까 봐 조바심 나서입니다.

두툼한 편지 한 통을 받았지만
한동안, 풍선처럼 몸이 달아올랐지만
판독이 안 되는 뜨거운 글귀들이 소낙비에 씻기곤 했다.

앙상한 말의 그림자 곁으로 붉은 그늘의 기억이 달라붙
겠지요. 마음 쓰지 말아요, 타올랐던 기억은 땅이 고스란
히 보관했다가 하늘로 돌려준다니까. 바람이 굵고 더듬으
면 또 화들짝 부챗살처럼 펴질 테니까.

엽서

바람의 길에 획을 긋습니다. 햇살이 핥고 달빛이 씻은 민낯, 솟구친 핏기로 훅 내뿜는 날숨입니다. 당신 품을 파고드는 외길 투신, 불확정의 폭풍일지 모릅니다. 괜찮을까요. 마침내 낙엽의 몸, 당신에게로 가는 몸의 낙엽, 구르며 닳으며 써 내리는 낙서가 되고 말 텐데, 알아볼까요. 막바지 잎맥으로 그리는 단심丹心, 미생물에게 먹히는 가슴으로 찍는 마침표까지. 비 때문에 햇살 때문에 머뭇댄 적 없다고 띄우는 구구절절입니다. 당신 집으로 온전히 들어가는 순간까지, 소인 유효한.

붉은 신호

신호등 앞에서 비롯된 일이다
눈 밝은 바람이
차창 틈으로 나뭇잎 한 장을 건네고 갔다

파란만장 갈림길과
절벽을 마주했던 마음 빛이 선명했다

갈림길은 어디서 오고 절벽은 누가 만들까
돌아가는 길이 절벽이면 어떻게 건너나
물음표 몇 개 날아든 날은

하늘로 고개를 들어볼 일이다
애가 타는 손짓으로
온 힘을 다해 써 내리는 엽서 한 장
당신 우편함에 막 당도하고 있을지 모르니

옷자락을 당기는 바람의 눈빛으로 읽어야 하나
길을 안내하는 새의 깃으로 간직해야 하나
그래, 너를 놓은 오늘은
화염을 잠재우는 노을의 걸음으로 걸어가자

찬 하늘에 온기를 지피며 날아든
잘 말린 손수건 한 장
붉은색을 띠는 연유를 엿본 일이다

기보棋譜*

    바둑판은 가로 길이보다 세로 길이가 길다. 직사각형이다. 판 안의 작은 네모 하나하나도 그와 동형이다. 동그란 흑돌 백돌이 공존할 수 있는 비밀이 그 안에 숨어있다. 그 미세한 차이가 물꼬다. 이웃 돌과 나란히 앉을 수 있는 공간이 되고 죽은 돌을 들어낼 수 있는 간격이 된다. 길고 짧은 선들이 흘러 굴곡진 골짜기를 이룬다. 골짜기에 집이 들어서고 돌 틈에 샘물이 솟는다. 그 물로 사람들이 목을 축인다.

    바둑돌의 크기 또한 흑백이 다르다. 흑돌에 비해 백돌이 조금 작다. 백돌이 실제보다 크게 보이는 착시효과 때문이다. 그 차이가 숨통이다. 연쇄적으로 밀리지 않고 지속적으로 숨 쉬는 틈이 된다. 실낱같은 틈새를 따라 음양이 섞인다. 생사의 길이 열리고 과거와 미래가 교차된다. 두 뼘 반 정도 사람 사이, 가깝고도 먼 가슴과 가슴 사이, 차면 비우고 막히면 돌아가는 숨결이 흐른다. 그 온기로 집 안이 따뜻하다.

---

* 기보棋譜: 바둑을 두어나간 내용을 분석할 수 있도록 기호로 기록한 것. 바둑 두는 법을 모아놓은 책.

나무하는 사람

선산의 불을 지고 와 밥을 하는 지게다. 재 너머 별똥별을 물어 나르는 산제비다. 멱 감는 선녀 옷자락을 훔쳐내 집 짓고 장작 패는 딱따구리다.

나무 신음을 삼켜본 구들장이다. 새까만 구곡간장이다. 나무 말씀에 몸 달아본 놋화로다. 논밭에 재 되어본, 잿더미 위에 앉아본 굴뚝새다.

나무 그늘에서 아이를 낳고, 나무 가슴에 못을 박고, 산에서 잃어버린 할아버지 찾으러, 산속을 떠도는 아버지 붙들러, 연륜 위를 동그랗게 건너가는 물수제비다. 징검다리다.

뿌리 깊은 배경

마을의 배경에는
당산堂山만큼 뿌리 깊은 대숲이 있다

댓잎에 내린 햇빛이
광년을 달려온 마음 버리며
잔물결로 뒤척이는 곳

댓가지에 든 바람이
천년의 소리 쟁여두었다가
만파萬派의 가락으로 풀어내는 곳

샘솟는 죽순, 출렁이는 댓줄기까지 한 백 년
마을을 안고 흐르는 품이
강만큼 깊고 푸르다

대숲 그늘을 쐰 사람은
일생을 대쪽같이 버틴다 한다

내 배경으로
대숲처럼 드리워진 사람이 있다

시위를 당기고 피리를 부는 그 사람을
나는 일생 견뎌야 한다

별
―윤기태에게

따뜻한 쪽에서 빛이 온다
저녁이 오고
너를 떠올리면 세상은
상상 이상의 온기로 넘친다
나는 네가, 어둠을 먹고 뽑은 빛줄기로
새벽하늘을 연다는 것을 안다
나는 네가, 까맣게 탄 가슴에서 짜낸 이슬방울로
아침의 땅을 선물한다는 것을 안다
가까이 또 멀리
고독한 눈동자에 등불을 달고
마른 가슴에 샘물을 떨구는 사람아
빛이 가 닿은 자리
꽃이 핀다 꽃길을 따라가면
은하수로 흐르는
너를 만난다

바람의 눈이 당신을 복기復碁*한다

진작 들렀더라면 새로 열렸을 길들이 문을 열고 마중 나온다. 뒹구는 돌밭 길, 하나둘 들춰보는 돌멩이 밑엔 판독 못 한 암호문이 별처럼 눈을 뜬다. 그 음을 기억한다. 그 감을 기억한다. 추억의 공유가 하늘에 별을 띄웠다가 쏟고 띄웠다가 쏟는다.

별 천지, 시간 여행의 문이 열렸으니 블랙홀 속으로 뛰어들어야지. 골목 하나에 추억 하나를 데리고 막다른 길 끝까지 달려가야지. 먼지 같은 생각까지 빨아들이는 길, 어디서부터 눈이 먼 걸까. 몇 번을 헛디딘 걸까. 비뚤게 걸어간 발자국들이 걸러진다. 묻혔던 화석이 입을 연다.

돌무덤에서 수순대로 돌을 들어 올리는 손이 있다. 손끝에서 회오리바람이 분다. 바람의 눈이 혼돈의 골목을 누비며 당신 걸음을 복기한다. 팔짱 한 번 안 끼고도 만리장성을 쌓고 허문다. 돌멩이마다 저장된 별들의 일생, 난마亂麻 같은 길들이 짝을 짓다가 반짝거리다가 이별을 한다.

* 복기復碁: 바둑에서, 한 번 두고 난 바둑의 판국을 비평하기 위하여, 두었던 대로 다시 처음부터 놓아보는 일.

광명 친구

그 동네 빛 중엔
황매산 안진골에서 날아온 빛이 있다

그 빛 펄럭이는 언덕엔
황매산 닮은 가슴들이 마주 서고

그 빛 내려앉은 골목엔
안진골 닮은 얼굴들이 마주 앉는다

동에 번쩍 서에 번쩍
누룩 띄우는 냄새로 날던 빛이 젖어서 굴절되는 날은
황매산 자락 영암사 뜨락에
수정빛 풍경이 울고 무지개가 뜨리라

그 어디쯤 어머니가 계시고
정토 가는 길이 있으니

감

덜 익은 시간의 물결 위에 단꿈을 꿉니다. 높은 당신께
가는 길목엔 가눌 수가 없을 만큼의 그리움이 익었습니다.
쉼 없이 길어 올린 단단한 꿈을 쪼개면 탄 속사정이 보일까
요. 떫은맛까지 달게 떠먹던 은 숟가락의 기억 속에 당신이
있다는 말을 못합니다. 꿈이 아닌들 어쩝니까. 눈먼 직하,
그리움이 물러 터진 자리 또한 내가 일군 텃밭의 일부이기
에 말입니다. 감쪽같이 발아하는 당신, 다시 단꿈입니다.

중독

밤 사냥 이야기다. 자정이면 개들이 짖고 번쩍 눈이 뜨인다고 했다. 사냥개를 풀고 칠흑 같은 산비탈을 돌아내리면 귀가 열리고 심장이 뛰고 한바탕 난투 끝 피범벅 산돼지를 둘러멘 순간, 눈에 불이 켜진다고 했다.

잠까지 점령당한 밤, 그 눈빛 어떻게 잊나. 그 몸짓 꿈속까지 꿈틀거리는데 목덜미와 가슴을 타고 흘러내린 피 묻은 소리 무엇으로 씻나. 어둠과 하나 된 신경이 개처럼 뛴다고 했다. 자정이면 사냥개가 되어 빛과 냄새를 물어뜯는다고 했다.

팽이의 추억

팽 도는 놀이 속에
무거운 침묵으로 버티는
무게중심이 있었네
그 자리, 돌아보면
잘린 몸통 깎인 가슴
감아 치는 대로 돌아야 하는
현기증이 있었네

붉으락푸르락 자전 공전으로 띄운 광채여
복판, 철심으로 버티는 속울음이여
돌지 않으면 쓰러지는
절대 고요는
혼돈과 망각이 피워낸 꽃이었음을
그 자리, 돌아보고서 알았네
멈춰 서고야 알았네

소나무 무덤

녹색 관 속에 봉인된 주검이
둘레 길을 따라 늘어나고 있다

성했던 종이 쇠하는 이유가
외래 곤충 때문으로 결론이 난 건지 과연
멸종 위기를 맞는다면 그 원인은 무엇으로 기록될지

솔방울과 나이테로는 증명할 수 없기에
푸른 신화는 신종족에게 발굴되지 않을 가능성이 높다
겨울 나라를 지배하던 궁터의 윤곽과 독야청청이
세한도처럼 그려질 가능성은 낮다

일월에 산화하는 송화처럼
오솔길에 흐르던 피는 물에 녹고
산야를 물들이던 사랑은 바람에 흩어질 것이다

둘레 길에서 조우한 소나무 무덤이
손등 발등을 타고 푸른 버짐처럼 번진다

찔레 순

장미같이 몸 다는 날
물오른 맨살을 벗기면
긴 갈증을 적실 수 있을까

바람 부는 오월의 언덕
날리는 보얀 향기를 들이켜면
오랜 허기를 채울 수 있을까

혀끝이 따끔토록
코끝이 알알토록
새순에 마주 마음 비비면
물 한 모금 건넬 듯 차오르는 얼굴

물이끼 같은 기억을 밟고
뻐꾸기 감도는 산자락을 서성이면
치솟는 그리움 만날 수 있을까

매화

생각만 했는데

함박눈이 내리는 사람

생각만 했는데

달이 뜨는 사람

생각지도 않게 안개가 피어오르고

입김이 귓불에 닿고

생각지도 않게

봄이 오는 사람

제3부

꽃놀이패*

당신 입과
내 입
호구虎口처럼 맞닿았다

딱 벌리고
꿀떡
삼킬 듯 날름거린다

이 땅에
누가 꽃놀이패를 걸었나
사방 입김이
화염처럼 뜨겁다

당신과 나
마주 흉내 내며 물고 흔들게 만들어놓고
뒷짐 진 걸음
꽃놀이 다니듯 가볍다

* 꽃놀이패: 바둑에서, 상대편에게 져도 별 상관이 없는 패.

눈뜨면 보이는 길

겨울 산에 들면
안 보이던 풍경이 보인다 대략
능선은 어디로 굽이쳐서
물길은 어디를 감도는지

헐거워진 품을 따라
무엇이 가고 무엇이 오는지
산모롱이 돌아들 때마다
색깔과 모양에 홀렸던 눈을 닦아준다

겨울 정취암에 서면
어제와 내일의 길이 새로 열리고
눈여겨보지 않던 오늘이
잘못 채워진 색 단추를 풀고 들어와
따뜻하게 속을 채워준다

본능이 끄는 대장정*

길에는
본능이 끄는 힘이 작용한다
한 해에 한 번 강을 가로질러
무리가 가야 할 길이 열리고
길을 따라
붉은 꽃이 핀다

새끼 누 한 마리가
무리에서 뒤처지고 있다
돌아보는 눈은
어미다
무리가 끄는 본능과 새끼가 끄는 본능 사이에
누가 있다
어미의 몸이 기울어지는 쪽은
새끼 쪽이다

누가 강을 건너는 것은
용기가 아니라 두려움 때문이다
저쪽 초원에서 기다리고 있는 축복보다
이쪽 초원에 남겨지는 두려움이

누 떼를
악어가 있는 강물로 밀어 넣는다

다리를 저는 새끼를 보고
어미 누는
홀로 남는 두려움을 택한다

무리가 끄는 본능이
강을 가로질러 저쪽 초원에 다다를 때쯤
초원 이쪽엔 강보다 깊은 밤이 오고
새 별이 뜰 것이다

밤물결을 견디던 하얀 별 네 개가 끝내
푸른 사자 별에 휩쓸린 현장을
빛과 바람이 봉분처럼 덮고 갈 것이다

머물 수 없는 생의 행로 너머
잠시 돌아본 뒤안길엔
무리를 지켜준 본능의 꽃보다 붉은,
홀로 피어 낭자한

꽃이 있다

어치의 도토리

저장용 도토리를 입안 가득 물고 와
나뭇가지나 땅속에 숨겨 두는 새
부지런하고 잘 우는 새

어치는 종종
숨겨 둔 도토리를 잊고는
소리를 바꿔가며 운다고 한다

어치 울음이 깔릴 즈음 황매산 비알엔
땔나무 한 단 이고, 감자 한 바구니 들고
숨넘어갈 뻔한 가슴을 몇 번이고 눌러서 재운
낮과 밤의 그을음이 얼룩져 있다

종합검진 한번 안 받고
암 진단 받자마자 산으로 날아가신 큰이모
장롱 속에서 오래 숨 쉬던 통장 몇 개가
여남은 평 그늘을 드리웠다

그늘에 앉아 잠시 귀 기울이면
도토리를 물고 와 꼬깃꼬깃 숨겨 놓고

이리 아파서 울고 저리 아파서 우는
늙은 새소리가 들린다

고귀한 귀고리

송아지는 태어나자마자
귀만 한 귀고리를 달았다
엄마와 닮은 귀고리를 달고
귀를 쫑긋 세우고 뛴다
엄마도 새끼의 귀고리가 귀여운지
귀가 닳도록 핥는다

엄마와 번호만 다른
좌우 비대칭 노란 귀고리
고향, 생일, 아빠의 증표를 요령처럼 흔들며
귀고리는 나비같이 즐겁다

KOR 002
0644
85766

누가 끼워줬을까
굴레보다 길고 단단한 귀고리
젖 떼자마자 송아지는
이랑 위의 어머니의 날을 반추하면서

발길질에 힘을 준다

노랑나비처럼 춤추면 넘어갈지 몰라
방울 같은 눈으로 움, 움,
울 너머 산 너머 날아갈지 몰라

뿔보다 깊이 각인된 생의 무게를
바람이 잡아끌며 흔든다
고귀한 귀고리가 끄떡거린다

따뜻한 강

눈물, 한 줌 또 한 줌, 홍삼 엑기스 봉지를 뜯어서 먹으면 생각난다. 돌아올 수 없는 기차를 서둘러 타고 창원을 떠나 풍기로 간 엄마가 보고 싶다는 아이의 글.

단풍철, 붉은 연줄 하나가 잡아당긴 건지 인삼 축제가 열리는 풍기 쪽으로 마음 기울고, 기우는 순간 늘어선 가게를 따라 꼭 마주할 것만 같은 여인의 눈물이 옷자락을 끌고 다니며 놓아주질 않았다.

엄마 냄새를 맡을 수 없고, 엄마를 원망하던 마음이 거꾸로 자신을 향하고 있어서 아프다던 아이의 글 때문일까. 앙탈하듯 써 내려간 글자에 맺힌 눈물과 똑 닮은 눈물을 가진 여인이 여행지 여기저기서 환영처럼 스쳤다.

지나간 여름, 배달된 홍삼 엑기스 박스엔 풍기에서 홍삼을 달이며 사는 아이 어머니의 새 인생이 담겨 있었고, 떼놓고 온 딸을 향한 어머니의 눈물과 사랑이 봉지마다 출렁이고 있었다. 기운 떨어질 때 한 봉지씩 마시라고 했다. 눈물샘 푹 파인 자리에 길고 따뜻한 가을 강이 흘렀다.

곡선의 기억

　당신 둥근 품이 그리워 합천호 가장자리를 맴돈다. 곡선의 기억이 죄다 수평으로 잠들어 있고 당신한테로 가는 길이 막혀 있다. 거친 수성水性을 달래던 자갈의 노래며 누대로 쌓여 굽어온 논두렁이며 정 깊던 우물, 담장과 지붕을 넘나들던 온기가 물비늘같이 반짝이는데 당신한테로 가는 길이 메워져 있다.

　골의 속울음과 물의 몸서리를 덮고 있는 퍼런 더께, 가늠할 수 없이 쌓여 깊어진 무늬의 잔해들이 몸을 뒤척인다. 한 꺼풀 두 꺼풀 잔물결로 일어나 가장자리를 따라 굳는다. 원심력에 팅기듯 귀소歸巢하는 물새 떼, 수면을 더듬던 바퀴들의 회오리가 노을에 잠긴다.

　떨구고 간 그리움이 닫힌 시간 속으로 가라앉는다. 합천호 수문을 열면 함묵의 무게를 쏟으며 직하할 당신의 눈물, 곡선의 기억을 인화하듯 물보라 위로 무지개가 뜨리라. 비워내 말리고 싶은, 속 깊은 당신.

시락국

질경질경 건더기는
흙 바람벽 시래기두름 너머
밭이랑에 싹 트는 푸른 눈을 보면서 씹어야 제맛이다

후루룩 국물은
가으내 마르고 부스러진 마음
외양간 바람 머금었다 내뿜는 냄새를 맡으면서 들이켜
야 제맛이다

버려진 것들의 눅눅한 그늘을 주워 말리면서
뒤로 자빠질 듯 요통을 앓던 당신
부르튼 가장자리를 핥으면서

한 그릇 시락국은
살얼음 녹는 소리 들으면서 땡볕 같은 손길 쬐면서
단숨에 먹어야 제맛이다

위대한 비행*

번개를 뚫고 지나가는 도요새처럼
날개와 뼈만 남은 몸으로 날아야 한다

뉴질랜드에서 한반도를 거쳐 알래스카까지 곧장 날아서
새끼를 길러내야 한다
다시 알래스카에서 뉴질랜드까지 유전자에 각인된 조상
새의 행로를 더듬어
위대한 비행을 반복해야 한다

도요새를 꿈꾸며
날개와 뼈만 남은 몸으로 예정된 지점까지
새끼를 데리고 번개와 폭풍우를 뚫고 날다가
나는 중에 떨어져야 한다

* 위대한 비행: KNN 다큐 「위대한 비행」에서 인용.

'도토리거위벌레'라는 이름

참나무 아래
꺾인 잔가지가 수북하다
들여다보니 도토리마다 구멍이 뚫려 있다

몸속으로 가지 친 그리움이 톱날에 잘리고
조롱조롱 매단 사랑이 바늘에 찔린 듯
아팠다 울고 있는 도토리 눈들이
산길을 걷는 내내 눈에 밟혔다

참나무를 덮친
톱 같은 주둥이를 가진 벌레들이 전파를 타고
안방으로 날아들었다
덜 익은 도토리에 구멍을 파 알을 슨 뒤
밤새 제 몸통 굵기의 잔가지를 잘라 떨어뜨리는 장면에
눈이 번쩍 띄었다

떨떠름한 가지와
주검 안에 깃든 쓰디쓴 열매가
머리 위로 떨어지기 시작했다
도토리 따라 말라간 기억 저편에서

애벌레들이 살갗을 뚫고 기어 나오고 있었다

오늘 하루치 사랑은
어떤 몸에서 무슨 이름으로 눈뜨고 있나
눈에 밟히는 가지들아, 열매들아

반디

가늠 못 할 물의 시간을 건너 온
성체의 발광이 별의 눈물처럼 아리다

전광電光에 그을린 가슴으로
밤하늘에 흘려 쓰는 연서 한 장

눈 감아야 읽히는 아슴한 비행아
오늘은 어느 풀숲에서 점멸하고 있나
별리의 언덕 저편 형형히 눈뜨는 사람아

장문藏門[*]

산허리에 씌운 올가미에
곰과 범을 잃은 땅이여

섬 주변에 던진 그물엔
고래가 걸려들지 모르리라

쥐와 피라미들이야
포위망이 보일 리 없으니

내 가슴에 날아든 그대 오랏줄은
얼마나 질기고 긴가

장문에 걸린 산하처럼
어디까지 몸부림을 쳐야 할지

* 장문藏門: 바둑에서 상대방의 돌이 도망가지 못하게 직접 단수가 되
지 않는 곳에 돌을 두어서 가두는 수법.

파리 목숨

차 문이 열리길 기다렸다는 듯
덩달아 편승한다

가다 서다를 반복하면서
발로 날개로 수다를 떤다

초고속으로 도시화된 시골 파리와의 동행

언제 날아갈지 모르는 목숨끼리
모깃소리로 개의 눈빛으로
날았다 앉았다 딴청을 부린다

집, 원심력

본궤도를 이탈한 개미 한 마리
마른 밥알을 물고 마당을 돈다

어느 별자리에서 떨어져 나왔을까
맥 풀린 다리와 꺾인 목에서 단내가 난다

기적같이 안긴 자유를 등지고
모체의 냄새를 찾아 회귀하려는 몸부림이 눈물겹다

떠돌이별의 동선이 점 하나로 찍힌다
여왕이 사는 별자리가 반짝거린다

내가 한 일은 그 최후까지
눈을 못 떼고 따라다닌 일 뿐이다

담벼락

사금파리 반짝거리는 담벼락
빈 벌집 달랑거리는 담벼락
담쟁이 넝쿨이 흘러내리는 돌과 흙을 거머쥐고
오가는 생명의 지붕이 되어주고 있다

비바람을 막아주던 등뼈와 입안에서
물이 새고 숭숭 바람 소리가 난다
담벼락에 기대앉은 어머니
환한 틀니로 지팡이 다듬는 아버지

눌린 흙과 돌의 온기
아랫목 삼아 길게 쬐었으면 좋겠는데
벼락 맞은 나무같이 무릎이 꺾인 담벼락
그믐같이 속이 파인 담벼락

돌담길 돌아보며

묵은 골목길 하나가
딸린 식구들을 데리고 사라졌네

뽑혀서 들려 나가는 돌
버티다 깨지는 돌 뒹굴다 묻히는 돌
돌들의 내일이 아프기 시작했네

사랑채 안채 온기 식으면서
구렁이 도깨비 숨결 날아가면서
뚝딱 주저앉는 날 기다리던 돌담길

그들이 살아왔네 살아가야 하네
돌아보면 까마득한 거기
담쟁이 같은 이야기가 들리고
우물 같은 얼굴이 나올 것만 같네

못생긴 돌 싸디싼 돌
터무니없이 누르는 돌 막무가내 기대는 돌
돌들의 내일이 미리 슬픈
옛날의 돌담길

제4부

안민가

창원 성산구 안민동安民洞으로 이사 온, 얼굴을 모르는 이웃 한 분이 저녁나절 초인종을 눌렀다고 한다. 슬리퍼를 끌고 갓 걸음마를 시작한 애를 걸리고 소쿠리를 옆구리에 끼고 시원시원 정 넘치는 신호를 보냈다고 한다.

불안한 주민이 되어 문을 잠그고 사는 아내가 문을 안 열어주다가 이것저것 묻고 확인한 후 그래도 미심쩍은 눈으로 얼굴을 내민 순간, 흰 감자꽃 같은 이를 드러내고 웃으며 잡숴보라며 토실토실한 햇감자 한 소쿠리를 안겨 주고는 달랑 애를 안고 갔다고 한다. 새댁 시절, 이사 떡 돌리던 날이 떠올랐다고 한다.

상수上手*

알몸으로 산길 물길로 드는 길이다
돌을 표석 삼고 징검다리 삼는 길이다
사방팔방의 울림에
귀머거리 행세를 해야 하는 길이다
마주 보면서 멀리 있는 사람아
동서로, 남북으로
해와 달로 가야 만날 수 있는 사람아
당신께 닿는 발길이 활로다
당신 쪽의 손길, 눈길이 상수다
상하좌우 길을 돌고 돌아
당신 심장 쪽으로 뛰는 숨결이 상수다

* 상수上手: 바둑에서 둘 수 있는 최상의 솜씨나 수.

떨어지는 순간의 완벽

비 갠 아침
마당 빨랫줄 물방울들
몸이 단다 부화를 기다리는 알 같다

마음 기운 후
빨랫줄처럼 생을 걸어놓고
그대 쪽으로 나부끼던 걸음이 저러했을까

품는 순간 방울지는
단 한 번의 빛이어도 좋다 했을까
허공에서 눈뜬 마음이
궂은 날 갠 날 가리지 않고 쏟아진다

이 길 지나간 바람은
일방으로 일던 떨림을 알리라

빨랫줄에는 새가 앉아있고
완벽의 환희가 날고 있다

전염

거제 바람의 언덕엔
뜰에 깔린 조약돌이 반짝반짝
별로 뜨는 집이 있다
탁 트인 정원 탁자에 걸터앉아
막걸리 통을 비우면서
생고기를 쇠꼬챙이에 끼워 휙휙
뿌리는 중년 사내가 있다 사월 바람의 언덕엔
순식간에 등장한 고양이들
눈에 불을 켜고 살점을 낚아채기를 반복한다
자작하는 사내는 표정이 없다 고독이
무섭게 담장을 친다
개구리 소리가 씻지 못하는 고독을
고양이들이 받아서 먹는다
기우뚱거리는 새벽 별이
바다로 마당으로 쏟아질 때쯤
섬같이 버티던 눈빛 하나
먹다 흘린 고독을 주머니에 넣고
바람의 언덕을 넘어간다

그림자는 몇 갠가

불면의 그림자
스멀스멀 출몰을 거듭한다
머리 위쪽 사방에서
걸음을 놓지 않는 빛이 존재하기 때문이다

빛을 따라다니다가 눈이 멀었는지
넷으로 여덟으로 불어난다
난쟁이처럼 짓눌렸다가 진흙처럼 뭉개졌다가
엉긴 채 연인이 되고 임산부가 되기도 한다

몸집을 부풀려 허풍을 떨 때는
빛에 바짝 붙었다는 징표,
한 무리 색깔 있는 애를 낳을 때는
속까지 찍어내는 빛에 노출됐다는 것

바닥을 거머쥔 팔다리, 하늘로 치솟는 머리
빛에 죽고 못 사는 분신이
엿가락처럼 늘어졌다 녹았다 한다

묵은 길

서라벌에서 길을 잃었다
길 하나가 사라지자
여러 갈래 길이 금오봉 쪽으로 그어졌다

길이 길을 부르고
길이 길을 거부하는 경계마다
방향을 잃고 묻혔던 길들이
인기척에 몸을 뒤척이기 시작했다

물이끼 깔린 돌밭과 엉긴 가시덤불이
원시의 발자국을 껴안고 놓지 않는 동안
길 잃은 등끼리 잠시 기대앉아
서로의 길이 되고 그늘이 되고 싶었으나

정상 쪽 능선을 감고 있던
뱀 허물 같은 묵은 길 하나가 슬그머니 일어나
앞선 걸음을 불러 새 길을 내기 시작했다

묵은 길이 새 길을 만나
길 잃은 걸음들을 인도한 뒤

숨 한번 몰아쉬고 수풀 속으로 가라앉았지만
골짜기에 감돈 천년 향기는
서라벌 밖, 만 리 길을 덮고 감쌌다

안민고개 데크로드

마실길이 편키야 편타마는
나무 똥가리를 우째 이래 마이 모다가꼬
이래 반닥반닥 이사나시꼬 맨따모냥 시상에

말로 다할 수 없이 고요한
안민동 할머니 걸음 위에
실시간으로 피어서 날리는 말의 꽃

이 길모냥 저승길도 편해야 할 낀대
그란데 와 니 집이나 내 집이나 갤온을 안 할라사꼬
남은 거 하나만 치우고 갔시모

꽃잎을 주워 담으며
느린 마실길을 다녀온 저녁답엔
고개 너머 먼 데까지 나무 냄새가 났다

상남동 연가

꽃이 피고 물이 흐르는 땅. 바람과 객喙이 머물다 가는 땅. 창원 상남동 빼곡한 건물과 인파 틈새, 너와 내가 꽃 피는 간판과 바람의 전단지로 수놓은 밤, 사랑의 물길을 내고 천년의 별을 띄운 밤.

종횡으로 구획된 불야성을 허물면, 왁자한 오일장에 한바탕 먹거리에 팔도의 말과 장단이 엉겨 붙으리라. 다시 한 꺼풀 장마당을 걷어내면 사방 풀벌레, 사철 웅웅거리는 논밭이 눈을 뜨고 도랑에 물고기에 지렁이와 뱀이 기어 다니는 황무지가 울퉁불퉁 깔리리라.

길을 덮은 자리에 다시 길이 열리고 너를 지운 자리에 또 네가 생겨나듯 본디 여기는 벌 나비가 날아들던 땅. 본디 여기는 풀꽃 향기가 진동하던 땅.

마산 아구 골목

그날, 골목 깊은 곳
무섭게 달려들던 얼굴 하나
텀벙, 뛰어들게 하고
물컥, 빠져들게 하는
개펄 같은 가슴이 있었지
뜸 들이다 식어버린 속을
후끈하게 풀어주는 소리
수면 아래 가라앉아 있다가
첫사랑같이 덤벼드는 입
단걸음에 달려가 아구아구
입맞춤하고 싶은 사람아

부석사의 돌

부석사浮石寺 입구
말끔히 깎은 잔디밭
클로버 한 잎이 웃으면서 내 눈에 들어왔다

불당을 둘러 내려오는 길목이었다
풀을 깎던 인부 한 분이
환하게 피워 놓은 염화미소

오가는 걸음이 일으키는 먼지를
팔랑개비처럼 날려 보내던 빛 한 줄기가
꾹 눌린 채 내 품에 들었다

낫은 피했지만
내 손을 피하지 못한 네잎클로버

각별한 당신 미소를
내 손으로 지운 그날 후
돌멩이 하나 떠서
해처럼 따라다니기 시작했다

처음이 아닌
—하동 평사리문학관

한 번은 와본 듯
착각하게 만드는 터에서 나는
불현듯 숨 가쁩니다

누구와 어디까지 갔을까요

어깨에 감물이 드는 오르막을 걸어
가슴에 풀물을 들이는 들녘 두렁길을 굽어봅니다

어제 쪽으로 드리워진 토지의 그늘이
멀리 능선을 돌아내리는 은빛 강만큼이나 길고 깊습니다

머슴으로 한평생 드나들었을까요

한 해 두 해 토지가 써 내린 수만 장 이야기를
잠시 머문 눈으로 읽어낼 수는 없지만

번개 치는 사랑의 길이 눈에 선하고
서릿발 치는 생의 행로가 큰 물줄기로 몸을 감아와
나는 비로소 착각이 아닌 줄을 압니다

아씨로 한나절 머물렀을까요

나고 든 백 년의 정한이
금싸라기로 이는 터에서 그분 만납니다

이미 왔는데 불현듯
가보고 싶어서 숨 가쁩니다

번개

마른 가슴
단칼에
천둥 치고 물장구치면서 적신 뒤
문득 햇살
물살 거슬러 물고기가 돌아오고
오솔길 따라 산새와 나뭇잎이 돌아와
문득 바람
춤으로 노래로
반짝반짝 몸을 뒤집으며 놀아주더니
당신이 떠날 때 동시다발
장난처럼 가버린
아픈 한 순간

우기雨期

하늘 밖에서 오는 누님의 비는
달무리처럼 와서 참 차갑게 젖어 듭니다

한 번 가고는 못 오는 줄 알았는데
누님의 비는 채찍비처럼 와서
참 골고루, 참 직설적으로 퍼붓습니다

거침없고 살가운 마음 은하 물에 닿아
억수 답신으로 써 내리는 비
비뚤게 흐른 시간 펴면서, 잠자는 숨결 길어 올리면서
앉은 자리마다 꽃 피는 비, 꽃 피는 悲

망각의 강을 되건너서 오는 누님의 비는
햇무리처럼 와서 참 뜨겁게 쏟아집니다

후유증

벌레 한 마리가
앞 차창에서 터졌다
한순간에 날개가 날아갔다

경계 너머엔 꽃밭
경계를 넘는 일이야 다반사

날벌레들이 섬광처럼 왔다 가는 연장선상을
눈먼 속력이 날개 돋친 듯 핀다

침을 뽑아버렸으니 불온할 일이 없고
비행을 포기했으니 탈선할 일이 없다는 본새다

여려터진 것의
끈적끈적한 흔적은 말라붙어
한동안 어른거리다가 씻길 것이다

시간의 물결에도 닦이지 않는 충격파는
속력이 높아질수록 살아나
귓전을 때릴 것이다

완생完生[*]

꿈틀거리고 있거나
꿈틀거릴 준비가 되어있으면
완생이다
미생未生은 없다
별 하나가 완생이다
돌 하나, 먼지 하나가 완생이다
눈에 띄거나 띄지 않거나
미생은 없다
빛나지 않느냐
눈빛이 만드는 만남 그리고 이별
고립과 죽음과 부활까지
이미 완생이다

* 완생完生: 바둑에서 외부를 향한 활로가 막혀도 죽지 않는 상태의 돌.

낙화

누가 모를까
삶이 축제가 아니란 것을
너와 나는 흩어질 것이고
불꽃은 이내 꺼질 것이란 것을
아무렴 어떨까
하늘하늘 아문 꽃자리
샘솟는 기억을 따라가면
비마저 꽃, 나락마저 꽃길인 것을

해　설

'신의 한 수'를 찾아 부유하는 시의 영혼
—최석균 시의 의미

김경복(문학평론가, 경남대 교수)

　　바둑이란 무엇인가? 아니 시에서 바둑은 무엇인가? 시에서 바둑을 단순히 소재로 가져와 쓴 시들을 말하고자 함이 아니다. 그런 시들은 예전에도 바둑을 좋아하는 시인들이 가끔 썼고, 지금도 쓰여지고 있다고 말할 수 있다. 그렇지만 바둑의 정신과 아름다움을 하나의 시적 속성으로, 다시 말해 시의 한 유형으로 삼을 만큼 집중적이고도 미학적으로 정립한 작품은 거의 없었다. 소위 '바둑시'라고 부를 만한 격조 있는 작품들이 없었다는 지적인데, 이번에, 아니 시기는 조금 지났지만 바둑을 주요 소재로 삼고, 바둑의 정신과 미학을 시적 특성으로 형상화한 시집이 나왔다. 시인 최석균의 두 번째 시집 『수담手談』(2012)과 세 번째 이번 시집 『유리창 한 장의 햇살』이 바로 그것이다.

　생각해 보면, 참 재미있는 현상이다. 바둑으로 시를 말할 수 있고, 시로 바둑을 말할 수 있다니 얼마나 신기한 일인가! 시를 잘 모르고 바둑만을 좋아하는 사람은 최석균의 바둑시를 통해 시의 아름다움을 음미하고 시의 특성을 깨달을 수 있을 것이다. 반대로 바둑을 잘 모르고 시의 아름다움만을 즐기던 사람은 시인의 시를 통해 바둑의 오묘함을 느낄 수 있을 것이다. 바둑과 시를 다 사랑하는 사람은 이러한 시들을 통해 자신의 원망顧望과 정체성을 터득하고 강화할 수 있을 것이다. 참으로 아름다운 상생이다. 그렇다고 최석균의 시집 전체가 바둑만을 시적 대상으로 다루고 있는 것은 분명 아니다. 때문에 시인에게 바둑시의 특성만을 고집하여 그런 시만을 써야 한다고 말하는 것은 지나친 참견이다. 다만 그가 추구했던 하나의 기획으로서 바둑시가 바둑을 통해 시의 한 속성을 드러내고 있다는 점에서 시학의 확장이라는 점, 그의 다른 시도 바둑시가 내포한 정신과 미학 속에 수렴되어 충분히 이해할 수 있다는 점만 새겨둘 필요가 있을 것이다.

　그럼 다시 묻자. 시에서 바둑은 정말 무슨 의미인가? 바둑시를 통해 시인 최석균이 지향하는 시 세계를 과연 규정하고 이해할 수 있는가? 이것을 알기 위해서는 이번 시집뿐만 아니라 지난 시집의 일부분도 거쳐 돌아가야 하리라. 한 시인의 시적 중심부에 이르기 위해서는 그 시인의 심중에 구축된 풍경 속을 거슬러 올라가 시적 영혼을 만났을 때 가능하다. 하여 시인의 영혼이 일렁이는 이미지 속으로 헤매는 것은 독자의 즐거움이자 의무다.

존재의 허기와 삶의 경계에 대한 고뇌

시인의 시 세계를 이해하는 첫걸음은 그의 현실적 감정이 배어든 이미지들을 살펴보는 데에 있다. 그때 이미지는 그 시인의 정신을 표상하는 풍경이다. 마치 쇼펜하우어가 "세계는 나의 표상이다"라고 말한 것처럼 의식의 지향성이 투사된 이미지는 시인의 세계를 표상하는 것이 된다. 이를 최석균 시인의 이번 시집에서 살펴본다면 다음 두 편에서 그와 같은 것을 찾아볼 수 있지 않을까?

장미같이 몸 다는 날
물오른 맨살을 벗기면
긴 갈증을 적실 수 있을까

바람 부는 오월의 언덕
날리는 보얀 향기를 들이켜면
오랜 허기를 채울 수 있을까

혀끝이 따끔토록

코끝이 알알토록

새순에 마주 마음 비비면

물 한 모금 건넬 듯 차오르는 얼굴

물이끼 같은 기억을 밟고

뻐꾸기 감도는 산자락을 서성이면

치솟는 그리움 만날 수 있을까

— 「찔레 순」 전문

할아버지는 벌기로 말씀하시고 가르치셨다

벌기로 받아쓰며 읽던 나는

고향 탈피 후 날개를 달았지만

유품 상자의 굴레를 벗어던지지 못한 채

고서 속 글을 되새김하며

벌레로 말하고 적기 시작했다

파먹을수록 허기지는 동굴 속에서

벌기로 배설하며 기기 시작했다

— 「벌기 蟲」 부분

이 두 편의 시에 공통적으로 보이는 현실적 감정의 이미지는 '허기'다. 허기는 내장 기관에서 지각되는 촉각적 이미지다. 우선 「찔레 순」에서 시적 화자는 육체적 감각의 이미지를 "긴 갈증" "오랜 허기"로 표현하고 이와 같은 차원에서 "치솟는 그리움"을 떠올린다. 갈증과 허기는 채워지는 않는 육체적 결핍의 감각이지만, 그것이 시 안에서 "치솟는 그리움"으로 동일시되는 순간 육체의 차원에서만 머무르지 않고 정신적 차원으로 확산되는 것임을 보여 주고 있다. 이는 「벌기 충蟲」의 '허기' 이미지를 살펴보면 더욱 잘 알 수 있다. 이 시에서 시적 화자는 "파먹을수록 허기지"고 있다는 언급을 한다. 파먹는다는 동사의 의미를 두고 볼 때 화자는 무엇인가 육체적 공복을 채울 음식을 먹고 있다. 그러나 그럼에도 불구하고 갈수록 허기가 진다는 것은 육체적 충족의 문제가 아니라 정신적 충족감의 결핍이 문제가 됨을 암시한다. 결핍은 정신적인 데에서 발생하여 육체적인 현상으로 전이되고 있다. 충족되지 않는 '그리움'이 바로 그와 같은 것을 가리킬 것이다.

그렇다면 최석균 시인에게 이와 같은 갈증이나 허기는 무엇을 의미하는 것일까? 정신적 차원이라면 사안에 따라 다양한 원인을 찾을 수 있을 것이다. 그러나 이러한 시들이 갖는 근원적 의미를 짐작게 할 수 있는 정보를 시인은 마침 그의 이번 시집 서문에서 밝히고 있다. 시인은 「시인의 말」에서 "부유의 길, 무엇으로 허기를 채울까. / 죽은 지 오랜 시를 버무려 소반에 올린다"고 말하고 있다. 여기서도 지금 현재의 감각적 실존으로 '허기'를 말하고 있는데, 이를 채울 수 있는 것의 하나로 '시'를 말하고 있다. 이때 시는 허기를 달랠 수 있게 '버무려져 소반에 올려'진 음식으로 표상된다.

때문에 시는 육체의 음식이 아니라 영혼의 양식이란 점에서 정신적 결핍을 시인은 문제 삼고 있다는 점을 알 수 있다. 그런 점에서 허기는 정신적 공허함이거나 충족될 수 없는 그 어떤 정신적 갈망이다.

이를 무엇이라 이름할 수 있을까? 그것을 우리는 '존재의 허기'라 부를 수 있을 것이다. 존재의 허기는 그럼 무엇인가? 이것은 조금 철학적 해명이 필요해 보인다. 앞에서 잠시 언급된 영혼의 양식이란 말에서 유추해 출발한다면, 존재의 허기는 존재의 본질적 구속 요건으로서 죽음에 의해 발생하는 문제를 가리킨다. 세계에 내던져져 시간에 처단된 존재는 필연적으로 죽음이라는 무無로 돌아갈 수밖에 없다. 이 존재의 필연적 소멸의 흐름에 의해 존재는 영속이나 구원에 대한 갈망과 갈증을 느끼게 된다. 그 갈증의 구체적 현상이 허기로 나타날 터인데, 대부분의 사람들은 이 허기를 종교나 예술, 기타 고유한 문화적 행위를 통해 달래고 있다. 문제는 이 허기가 쉬이 달래질 수 있는 성질의 것이냐 하는 점이다. 알다시피 죽음 앞에 내던져진 존재의 구원은 종교를 가진 이라도 그 확실성을 보장받지 못한다. 최 시인이 「찔레 순」에서 "물오른 맨살을 벗기면" "날리는 보얀 향기를 들이켜면" 등 하나의 가정으로 이것을 처리하고 있는 것도 시적 진실 면에서나 세상의 이치 면에서 이것 자체는 결코 완전히 충족될 수 없는 것이란 점을 암시하는 것으로 볼 수 있다. 즉 인간 세계의 차원에서 존재의 본질적 갈증과 허기를 달랠 수 있는 양식은 없다고 말할 수 있는 것이다.

본질적인 국면에서 존재의 허기를 채울 수 없으므로 예민한 의식을 가진 사람들은 운명적 삶의 고통을 현실 속의 한 현상으로 지각하게 된다. 고뇌에 찬 사람들의 중얼거림이나 방황은 바로 이것을 바깥으로 드러내는 것일 터다. 다음 시가 이것을 잘 보여 준다.

비가 오는 날이 잦다

동시다발
길이 막히는 날이 많다

집으로 가는 길은 갈수록 멀어지고
서로가 서로를 막고 서서 숨 막히게 만드는
길의 정체는 알 길이 없다

…(중략)…

해묵은 길의 정체는
눈 감지 않는 기다림으로 풀리리라

긴 비가
집으로 가는 따뜻한 마음 위에서 멎듯

두려움과 의심의 장막이

직시에 걸히듯

—「정체」부분

　결핍의 다른 이름은 단절과 위축이다. 존재의 허기를 달
랠 수만 있다면 영적 평화를 통한 존재의 구원을 꿈꾸어 볼
수 있을 텐데 최석균 시인의 현실적 삶으로는 그것이 쉽지
않은 모양이다. 사실 누군들 그렇지 아니하겠는가! 그리하
여 시인은 생의 한가운데서 「정체」에서 보듯 "동시다발/ 길
이 막히는 날이 많"음을 체감하고 있다. '정체停滯'의 심리적
현상은 소통의 단절을 의미하는 것이지만 본질적 상태로 나
아가지 못함에 대한 위축의 의미도 함축하고 있는 것으로
볼 수 있다. 즉 '서로를 숨막히게 하고 알 길이 없는' "길의
정체"는 바로 존재의 본질적 조건에서 발생하는 결핍, 다시
말해 존재의 허기에 대한 결과론적 현상인 것이다.
　그런데 이 시에서 시인은 이 존재론적 허기를 극복할 수
있는 단서 하나를 의미심장하게 제시하고 있다는 점이 문제
적이다. 즉 "두려움과 의심의 장막이/ 직시에 걸히듯"에 나
타난 '직시'의 감각이나 인식이 바로 그것이다. 직시直視, 바
로 보는 것. 이것은 무엇을 말함일까? 시적 상황으로 볼 때
비가 오거나 안개 등이 끼어 길의 정체가 발생할 수 있으므
로 "장막"을 거두듯 "눈 감지 않는 기다림으로", 즉 '직시'의
시선으로 이것을 대하면 "해묵은 길의 정체는" "풀리리라"
고 시적 화자는 판단하고 있다. 이를 두고 본다면 직시는
문제의 본질적 원인에 대해 근원적이고도 담대한 탐색을 가

리키는 것 같다. 그렇다면 이 역시 존재론적 성찰을 염두에
둔 철학적 사유를 직시라는 말로 표현한 것으로 볼 수 있다.
존재의 허기, 또는 존재의 고뇌가 현실적 삶 속에서 어떻게
형상화될 수 있는지를 상징적으로 표현하면서 이를 극복할
수 있는 길이 어디에 있는지를 부단히 탐색하는 자아의 모
습을 시인은 이 시에서 추구하고 있는 셈이다.

　　그런 점에서 조금 관념적인 다음과 같은 시도 존재론적
사색과 고민의 시로 받아들여져 살펴보면 그리 큰 어려움
없이 해명할 수 있다. 존재론 자체가 철학인 만큼 어느 정
도 관념적인 현상으로 나타나는 것은 어쩔 수 없는 일인지
도 모른다.

　　울타리가 쳐졌고 안쪽이 생겼다
　　안쪽은 샘터, 예고 없이 피운 물안개로
　　울타리의 겨울과 밤을 덮었다

　　안쪽은 파랑을 몰고 섬처럼 떠다녔다
　　봄이 오지 않아야 한다는 말의 파고는 높았고
　　울음이 큰물질 것이라는 예감은 적중했다
　　채찍비를 맞은 다음 날엔 유난히
　　울타리의 눈송이와 별이 빛났다

　　안쪽은 물의 나라, 태생적으로 구름을 사랑했다
　　안쪽은 울타리에 구멍이 나는 것이 무서워

태풍의 눈 속으로 숨어드는 걸 좋아했다

울타리는 작아지고 정교해졌다
안쪽의 원천이 궁금해 발꿈치를 들면
눈사태가 나거나 은하수가 쏟아졌다
안쪽의 사랑은 안전할까 파란에 빠지는 건 아닐까

얼음이 배달되지 않는 사건보다
연무가 깔리지 않는 현상에 민감했기에
구름은 자주 울타리에 불을 지폈다
그때마다 안쪽엔 물이 흐르고 안개꽃이 피었다

—「안쪽」 전문

이 시에 대한 뚜렷한 해석은 불가능해 보인다. 다만 "울
타리가 쳐졌고 안쪽이 생겼다"는 전제에 해당하는 시구로
두고 볼 때, 안쪽은 시적 화자가 관찰할 수 있고, 관찰하여
그것의 변화와 진전에 관심을 두어야 하는 대상, 그리고 이
것이 가능하게 된 까닭은 울타리가 쳐지게 됨에 따라 발생
한 것 정도로 파악할 수 있다. 시 속의 정보로 판단할 때 안
쪽은 "샘터" "물의 나라"로 설정됨으로써 물의 질료성이 가
득 차 "파랑을 몰고 섬처럼 떠다"니거나, "눈사태가 나거나
은하수가 쏟아"지는, 그래서 늘 "파란에 빠지"기 쉬운 상태
를 유지하고 있다. 시적 화자는 이 안쪽이 파란만장하여도
하나의 상태로 지켜지기를 바라는 차원에서 "안쪽은 울타

리에 구멍이 나는 것이 무서워"하는 것으로 표현하고, "안쪽의 사랑은 안전"하기를 빌면서 "구름은 자주 울타리에 불을 지폈다"는 사실에 두려움을 떨고 있다. 이렇게 주요 정보를 모아 살펴보면 이 안쪽은 울타리라는 경계로 인해 형성된 내부로서 외피라는 형상성을 갖춘 존재, 혹은 존재자임을 암시한다고 볼 수 있다. 이는 경계를 중심으로 안과 밖이 상징적 차원에서 존재의 있음과 없음을 의미하는 셈이다. 때문에 경계가 부서지는 것을 두려워하면서 무無의 침입에 해당하는 울타리의 붕괴, 즉 알 수 없는 존재로서 '구름이 불을 지피는' 행위에 암담한 감정을 가지는 것은 당연해 보인다. 자기의 존재성을 지키기 위한 하나의 관념적 성찰을 경계의 이미지와 안쪽의 모습을 통해 비유적으로 표현하고 있는 것은 존재의 본질을 찾기 위한 고뇌의 행위로 보이는 것이다.

그럴 때 시인은 무엇인가 하는 점을 생각해 볼 수 있다. 데카르트는 신을 두고 신은 세계의 있고 없음 사이에 서있는 문지기라고 말한 바 있다. 최석균 시인의 의식의 결을 따라가 만난 진실에 의한다면 시인은 바로 이 신의 대리자, 혹은 신의 속성을 내재화한 자에 해당하지 않을까? 시 속의 화자를 시인이라 본다면, 울타리 안쪽과 바깥쪽은 존재의 있음과 없음을 드러내는 경계이고, 존재의 참됨은 이 경계를 따라 어떻게 살아야 할지를 늘 궁리하는 것을 의미하니 말이다. 그런 점에서 최석균에게 시인은 존재의 입구에 발 걸친 채 존재의 출구를 바라보는 경계인이다.

바둑을 통한 구도와 '바둑시'의 형성

이 지점에 와 최석균 시인의 시를 살펴보면, 이러한 철학적 문제에 대한 하나의 사유로서 등장하는 것이 바로 바둑의 정신과 미학이라는 것을 알게 된다. 시인에게 바둑은 존재의 허기를 달랠 수 있는 하나의 방편으로 기리棋理가 되고, 더 나아가 기도棋道가 된다. 실제 동양적 전통에서 바둑은 위기십결圍碁十訣 등 정신적 수양을 위한 하나의 삶의 실천적 방편으로 많이 제시되고 있다. 최 시인 역시 이 점을 먼저 의식하고 바둑시를 썼을 것이다. 그러다 시적 인식의 내파를 통해 바둑의 상징이 좀 더 고차원적 사유로 발전해 간다. 존재의 허기와 갈증에 대한 하나의 존재론적 사유의 대답으로 바둑의 이치가 궁구되고 현실 속에 구체화된다. 이 점에 의해 최석균의 바둑시는 그만의 독특한 특성을 갖춘 시의 한 유형이 되고 있는 것이다. 지난 시집과 이번 시집에 실린 시들을 통해 그것을 알 수 있다.

둥근 마음 이리 깎이고 저리 깎여

모난 땅 닮아가는 날

한나절 장난처럼 지어놓고

둥근 각시와 세 들어 살아보고 싶은 집

깔깔깔 동그란 웃음 쏟아내고 싶은 집

반짝이는 영혼 새처럼 날아간

돌로 지은 집 한 채

　　　　　—「줄바둑—수담 5」(『수담手談』) 부분

가상의 집이다

신神의 영역이라고 일컫는

둘이서 만들어가지만 함께 깃드는 수가 없는

가끔 문을 열려다가, 이럴 수가?

보였다 안 보였다 자칫 정신을 놓기도 해서

번개 같은 집이다

아무 때나 보이지 않고

어쩌다 보는 순간 눈이 머는 수가 있어서

천상天上 곳곳에 떠다니는

절반의 집이지만 절반씩 나누는 수가 없는

달 같고 구름 같은 집이다

　　　　　—「당신은 반집」 부분

　이 두 편의 시는 모두 바둑을 소재로 삼아 쓰고 있는 작품
이다. 주제 또한 바둑에서 중요하게 다루어지는 "집"의 개
념과 현상에 의지해 존재의 본질에 대한 성찰을 나타내고
있다. 지난 시집 『수담手談』에 실려있는 「줄바둑—수담 5」는
바둑이 추구하는 형이상학적 의미를 "반짝이는 영혼 새처럼
날아간/ 돌로 지은 집 한 채"라는 표현을 통해 밝히고 있다.

아름답고 자유로운 영혼의 거처는 줄바둑에서 볼 수 있는 것처럼 확고하고 단단한 "돌"에 의해 지어진 집이어야 한다는 깨달음을 노래하고 있는 것이다. 바둑에서 줄바둑은 보통 느리고 답답해 보이는 형식을 지칭하는 면이 있지만, 기리棋理로 볼 때 가장 단단하고 확실한 안정성을 갖은 채 자신의 영역을 갖는 방법을 가리킨다. 이 줄바둑의 특성을 시인은 제 존재의 거처로, 특히 자신의 지향성을 염두에 두고 있는 영혼의 거처로 형상화해 냄으로써 존재 초월의 표상성을 획득하고 있는 것이다.

이 점은 이번 시집에 실려있는 「당신은 반집」에서도 마찬가지로 나타난다. 바둑에서 반집은 승부를 가리기 위해 존재할 뿐 바둑판이라는 현실 위에서는 존재하지 않는다. 보이지 않는 것으로서의 실재에 대한 감각이 제 존재의 본질에 대한 통찰로 이어지면서 "신神의 영역이라고 일컫는" "가상의 집", 혹은 "번개 같은 집" "달 같고 구름 같은 집"을 떠올린다. 이 "반집"은 앞의 「안쪽」의 경우에 따르면 '바깥쪽'이거나 울타리 그 자체로서 '경계'의 표상일 것이다. 그렇게 본다면 속물적인 현실의 집에 매여 있지 말고 영혼의 집을 지어야 된다는 것과 존재 너머 존재의 토대가 되는 비존재, 즉 죽음이나 무의 영역이 있음을 인식하고 있어야 한다는 것이 이 시들의 주제가 됨을 알 수 있다.

여기서 우리는 최석균 시인이 추구하는 바둑시의 특성을 알 수 있다. 종전의 바둑 기리가 일상적 삶의 가장 바람직한 처신을 지시했다면, 최 시인의 바둑 기리는 존재의 본질

에 대한 성찰과 존재 초월을 통한 구원의 의미를 추구하는
데에 있다. 이것은 사유의 차원에서 심급이 다른 내용이다.
그에 따라 최 시인의 바둑시는 존재에 의한, 존재를 위한 통
찰과 탐색의 시가 된다. 소재적 차원에서의 바둑시라는 언
급보다 바둑이라는 기리의 형식에 가장 부합되는 주제를 담
아내고, 이를 시 정신의 궁극으로 밀어 올려냄으로써 고유
한 시적 특성의 하나가 되는 의미에서 말이다. 다시 말해 우
리가 불교적 깨달음을 특화한 시에 대하여 '선시禪詩'라는 명
칭을 부여하고 그것을 하나의 시적 유형으로 언급하는 방식
처럼 말이다. 그런 차원에서 다음 같은 시가 바로 존재의 본
질에 대한 의미 부여를 충실히 보여 주는 바둑시의 한 사례,
그것도 바둑시의 절정을 보여 주는 한 사례가 되지 않을까?

꿈틀거리고 있거나

꿈틀거릴 준비가 되어있으면

완생이다

미생未生은 없다

별 하나가 완생이다

돌 하나, 먼지 하나가 완생이다

눈에 띄거나 띄지 않거나

미생은 없다

빛나지 않느냐

눈빛이 만드는 만남 그리고 이별

고립과 죽음과 부활까지

이미 완생이다

—「완생」 전문

 이 시의 의미는 바둑의 현상 중 하나인 "미생"과 "완생"을 가져와, 이 지상에 출현한 존재라면, 즉 그것이 비록 하찮은 대상으로 여겨질지라도 "꿈틀거리고 있거나/ 꿈틀거릴 준비가 되어있"는 것이라면, 하나의 의미 있는 존재가 되어 "완생"이 된다는 것이다. 바둑에서 완생은 집의 많고 적음과는 관련 없이 자신의 존재성을 완전히 확보한 상태를 가리킨다. 그에 따라 "눈에 띄거나 띄지 않거나"에 상관없이 모든 존재로서 가령, "돌 하나, 먼지 하나가 완생"이 되고, "고립과 죽음과 부활까지/ 이미 완생"이 된다. 이러한 현상은 이 시를 쓰는 시인의 관점에서 당연한 일이다. 시인의 정신적 깨달음에 의하면 모든 의미화된 존재에게 "미생은 없"기 때문이다. 이 확고한 깨달음의 내용은 삶의 처신을 주는 지침과는 다른 것임이 분명하다.

 그렇다면 이 시는 단순히 바둑이라는 사물이나 대상을 소재로 활용하는 것이 아님을 알 수 있다. 바둑이라는 독특한 형식과 정신적 정수를 자신의 시적 세계를 구성하는 토대로 삼아 시의 심화와 확장을 꾀하고 있다. 이 점이 최석균 시인만의 고유한 바둑시가 형성될 수 있는 근거가 된다. 바둑시가 하나의 장르적 성격을 띠게 된다면 다른 바둑을 좋아하는 시인도 최 시인과는 다른 주제로 바둑의 특성을 시화할 수 있을 것이다. 단순한 삶의 처신으로서 바둑의 특성을

말하는 것이 아니라 자신의 존재성을 성찰하는 매개로 바둑의 형식과 정신을 사용한다면 우리는 매우 놀라운 바둑시라는 장르의 출현을 보게 될지도 모른다.

그런 점에서 "하늘에서 놀던 일월성신이/ 땅 위로 내려와 뒹구는 쉼터다// 밤낮 마주한 눈과 가슴으로/ 일 년 치 정담을 피우기 좋은 사랑채다"(「십구로 반상盤上」)라는 직관적 통찰로 바둑의 형식이나 정신을 내면화하고 있는 시들은 새로운 시의 영역을 확대하기 위한 자료들로 존재하고 있다고 말해야 할 것이다. 지난 두 번째 시집『수담』과 이번 시집의 「바람의 눈이 당신을 복기復碁한다」「자충수」「기보棋譜」「꽃놀이패」「장문藏門」「상수上手」 등의 작품은 새로운 바둑시의 미학과 체계를 해명하기 위해 존재하는, 아직 가공되지 않은 원석들인 셈이다.

생의 역설적 통찰과 지각을 통한 정신 수행

바둑을 다루는 시에서 가장 문제적인 점은 기리를 넘어 추구되는 바둑의 도라 할 것이다. 그것을 일상적 삶 속으로 가져와 적용하면, 바둑의 정신과 미학에서 발생하는 가장 합리적인 세계에 대한 직관, 현상 너머의 진실을 보려는 통찰 등의 모습으로 명명할 수 있다. 바둑계에서 흔히 말해지는 '신의 한 수'를 찾는 행위 그 자체를 이름하지 않을까? 신의 한 수는 우리 인간의 눈으로 바로 파악될 수 없는 것이다. 때문에 일상적 관점을 비틀어 보고, 뒤집어 보고, 다면적으로 겹쳐 보는 등 존재와 대상의 진리를 찾기 위한 몸부림을 치는 과정이 필요해진다. 이 과정의 구체적 형식이 바로 생과 사물에 대한 역설적 인식이나 태도로 나타날 것이다. 최석균 시인에게 다음 시가 이런 내용에 해당하는 시일 것이다.

비 갠 아침
마당 빨랫줄 물방울들
몸이 단다 부화를 기다리는 알 같다

마음 기운 후
빨랫줄처럼 생을 걸어놓고
그대 쪽으로 나부끼던 걸음이 저러했을까

품는 순간 방울지는
단 한 번의 빛이어도 좋다 했을까
허공에서 눈뜬 마음이
궂은 날 갠 날 가리지 않고 쏟아진다

이 길 지나간 바람은
일방으로 일던 떨림을 알리라

빨랫줄에는 새가 앉아있고

완벽의 환희가 날고 있다

          —「떨어지는 순간의 완벽」 전문

   이 시의 놀라운 점은 떨어지는 순간의 물방울이야말로 완벽한 존재라는 사실의 발견이다. 이것은 일상적 관점에서 보자면 물방울은 떨어지며 그 형상성을 잃게 된다는 점에서 덧없는 것, 또는 무른 것 등으로 인식돼 부정적인 대상으로 파악된다. 그런데 이 시의 시적 화자는 물방울로 맺혀 떨어지는 순간, 그 존재는 "부화를 기다리는 알"이 되고, "허공에서 눈뜬 마음"이 되며, "완벽의 환희"가 된다고 노래하고 있다. 순간을 넘어 영원한 생명의 본질을 담지하고 있는 신성한 존재가 된다고 보고 있는 것이다. 앞의「완생」의 시로 보자면, 가장 의미로 충만해 있는 "완생"의 존재가 되는 것이다. 그 점에서 이 시도 바둑시의 의미 맥락에서 이해되고 그 가치를 평가할 수 있다. 그렇지만 이 시에서 중요한 것은 이러한 인식이 일반적 관점을 비틀어 사물의 본질을 새롭게 보려는 역설, 현상 너머의 진실을 꿰뚫어 보려는 역설적 통찰이라는 점이다. 이것이 최석균 시가 지향해 가고 있는 바둑시의 아름다움이자 가치가 아닐까?

   삶과 사물의 현상에 대한 참된 통찰은 현상의 이면을 넘는 안목을 내포하고 있다는 점에서 기이하고도 놀라운 소리로 나타난다. 우리가 흔히 말하는 격언이나 잠언의 내용이 바로 그것에 해당한다. 최석균 시 속에 가끔 등장하는 경구는 그의 생에 대한 치열한 탐구 정신 끝에 나오는 통찰이자 역설이다. 가령 「비행 일기」에서 "버려뒀거나 잊고 있었던 것은/ 날개를 띄우는 힘이 있다"는 표현이나, 「오디」에서 "색깔 있는 것은/ 물들이는 힘이 있다"는 등의 표현은 일상적 삶의 현상을 넘어 존재의 본질을 규명하는 통찰로 이어진다. 일상의 피상적 관념에 의해 발생하기 쉬운 왜곡된 진실의 문제를 제기한다. 지혜의 충격파인 셈이다.

그런 점에서 일상적 현실에서 존재의 본질을 추구하기 위해 자신의 현실적 삶이 어떻게 이루어져야 할지를 다짐하고 있는 시들은 시인의 삶에 대한 치열한 자기반성이자 수행으로 읽혀진다. 가령, "번개를 뚫고 지나가는 도요새처럼/ 날개와 뼈만 남은 몸으로 날아야 한다// …(중략)…// 도요새를 꿈꾸며/ 날개와 뼈만 남은 몸으로 예정된 지점까지/ 새끼를 데리고 번개와 폭풍우를 뚫고 날다가/ 나는 중에 떨어져야 한다"(「위대한 비행」)는 시적 표현은 물렁한 세속적 삶에 대한 부정이자 치열한 자기 구원을 향한 투쟁이다. "날개와 뼈만 남은 몸으로" 날아야 한다거나, "번개와 폭풍우를 뚫고 날다가/ 나는 중에 떨어져야 한다"는 표명은 도저한 자기반성이자 끝없는 구도에 대한 각고의 다짐이다. 삶을 넘어 죽음에 이르기까지 자신이라는 존재의 "완생", 혹은 "완벽"을 위해 "위대한 비행"을 준비하는 존재의 의지에 찬 천명은 예사롭지 않은 인간의 비원悲願을 보여 준다. 그 길이 고통스럽고 파란만장하더라도 진정한 의미에서 구원을 찾는 것이기에 참으로 찬란하다 하지 않을 수 없다. 신의 한 수를 찾아 부유하는 영혼의 아름다움과 고통을 생생히 맛

볼 수 있는 것이다.

이러한 세계를 추구하는 존재로서 시인의 모습은 실제의 현실에서 그가 추구하는 이상을 달성하지 못해 초라한 모습을 보일 때가 있다. 관념적으로 아무리 존재의 허기를 극복하기 위한 존재 초월의 상상력을 바둑시를 통해 표출하였다 하더라도 실제 현실의 나의 모습은 참으로 초라할 수 있는 것이다. 그러함에도, 최석균 시인의 자신의 현실적 삶의 모습을 노래하는 시에서 그가 추구하는 시적 지향과 그리 다르지 않은 삶을 표현하고 있는 점은 놀라운 일이다. 그의 실존적 정체성을 자신이 현재 살고 있는 거주지와 관련하여 쓰면서 세계와 화합하고 조화하려는 모습을 보여 주어 아름다운 삶의 한 전형을 내비친다. 다음 시가 바로 그와 같은 것이다.

내가 사는 동네 안민동에는
오르내리면 편안해지는 안민고개가 있다

뻗어나가던 길이 안민동을 지나면 너그러워지고
막혔던 심사가 안민고개에서 풀린다

…(중략)…

태평한 나라로 가는 길이 따로 있을까
비탈진 시간 위에 안민고개 하나 걸어두자

맨얼굴이 가면일 때가 많은 날이니

발치에 안민동 하나 세우고 살자

—「안민동」부분

　이 시의 주요 메시지는 "안민동"이라는 삶터의 이름에 부
합되게 "너그러워지고/ 막혔던 심사가 (안민고개에서) 풀"
리는 것을 제 삶의 형식으로 받아들이고 있다는 점이다. "맨
얼굴이 가면일 때가 많은 날이니/ 발치에 안민동 하나 세우
고 살자"는 다짐은 현실 속에서 시적 화자의 삶과 그리 거리
가 멀어 보이지 않는다. "세계는 나의 표상이다"의 쇼펜하
우어의 말은 이 시에도 그대로 적용된다. 편안해지고, 너그
러워지고, 막혔던 심사가 풀리는 세계의 표상은 시적 화자
의 정신적 내면이 반영된 모습이다. 그런 점에서 이 시는 바
둑시가 질러왔던 삶의 정신을 지닌 채 현실적 삶의 실천을
보다 조화롭고 현명하게 하고자 하는 내용을 담고 있다. 거
창하고 극단적으로 행해야만 그것에 이른다기보다 구체적
현실 속에서 보다 낮게 자신을 낮추고 겸허하게 살아감으로
써 지고한 정신적 경지를 획득하고자 하는 것이다.
　이러한 정신적 의도로 인해 그의 시에서 실존적 정체성
을 형성하는 자신의 삶의 지역들은 매우 아름답고 의미 있
게 형상화된다. 가령, "안민고개에 올라서서 보면/ 흔들흔
들 왔다가 구불구불 넘어가는/ 사랑의 불빛들이 아름답지
요"(『창원昌原』)라든지, "수면 아래 가라앉아 있다가/ 첫사랑
같이 덤벼드는 입/ 단걸음에 달려가 아구아구/ 입맞춤하고

싶은 사람아"(「마산 아구 골목」)에서 보듯 창원과 마산을 중심으로 한 실존적 거주지에 대한 애정은 제 존재성의 구원의 문제와도 맞물려 아름답게 표현되고 있다. 따라서 「안민동 이웃」 「안민고개 데크로드」 「안민가」 「상남동 연가」 등의 시들은 모두 그의 실존적 정체성을 구성하는 장소들로서 소속감과 심미적 아름다움의 토대를 제공하는 한편 정서적 충일감을 통해 존재의 구원을 우회적으로 풀어내고 있다고 말할 수 있다.

그 결과 일상적 삶 속에서 만나는 존재의 풍요로운 단면을 드러내는 시를 최 시인은 비로소 써낼 수 있게 된다. 그 시는 이렇다.

나무는 사람 손길 닿는 것을 좋아해서
사람 소리 들리는 쪽으로 푸릇푸릇 냄새를 뿜는다

사람은 나무를 만지는 것을 좋아하고
사람은 나무 냄새를 맡으면서 푸른 물이 든다

나무 냄새 나는 사람과 사람 물이 든 나무가
마주 눕고 만지다 닳은 집에서
나무는 몸을 반짝이고 나는 몸이 간지럽다

나무와 사람은 서로 세 들어 사랑해서
얼굴이 안 비치는 순간 빛과 냄새를 놓아버린다

나무 집이 허물어지도록 돌아다니다가

　　푸른 물이 다 빠진 몸으로 돌아온 나는

　　나무가 나를 만진다고 생각하고 눈치 없이 군다

　　　　　　　　　　　　　　　　　―「나무를 만진다」전문

　　이번 시집에서 가장 아름다운 시편 중에 하나로 꼽을 수
있는 이 시는 나무와 나의 존재성이 서로 지각됨으로 인해
완성되어 간다는 의미를 담고 있다. "사람은 나무를 만"짐
으로써 제 몸속에 "푸른 물"이 들게 한다. 나무 또한 "사람
손길 닿는 것을 좋아"함으로써 "사람 소리 들리는 쪽으로 푸
릇푸릇 냄새를 뿜"게 된다. 결국 "나무 냄새 나는 사람과 사
람 물이 든 나무가/ 마주 눕고 만지"게 됨으로써 동화와 조
화의 단계, 합일의 경지에 이르게 됨을 보여 준다. 그것은
곧 세계와 더불어 '나'란 존재가 성숙한 상태로 완성되어 간
다는 것을 의미한다.

　　그 점에서 이 시에서 제시되는, 완성을 위한 접촉과 감지
의 감각이 중요하다. 이와 관련하여 버클리의 "존재는 지각
이다(Esse est percipi)"라는 말을 떠올릴 수 있다. 버클리의
말뜻은 존재하는 것은 지각된 것이거나 지각하는 것이란 것
을 의미하는데, 이는 지각 주체와 대상의 관계에서 감각의
실체로 지각되는 것이 중요하다는 것을 가리킨다. 버클리
의 이 말은「나무를 만진다」의 시적 화자와 나무의 관계성을
잘 묘파해 주는 것으로서 뒤집어 말하면, '지각이 존재다'라
고 말할 수 있는 근거가 된다. 지각이 존재이고 존재가 곧

지각이라면, 최석균의 사색에 따라 지각되어 의미화된 존재는 완생이고, 완생된 존재는 우리의 감각에 지각되어 의미화될 수밖에 없는 대상이 된다. 그런 상관과 상생을 통한 의미의 충만이 바로 존재의 본질이라는 것이다.

그런 점에서 버클리의 말에 기대어 최석균 시인의 철학은 '존재는 완생이고, 완생은 존재로 현현된다는 것, 그리고 이 완생된 존재로 현현될 수 있는 근거는 나의 지각에 달려 있다는 것' 등으로 요약할 수 있다. 나무와 나의 감각적이고도 친화적인 관계성은 존재의 본질적 성립 조건을 미학적으로 형상화한 것으로 보게 될 때, 표상이 어떻게 진리를 암시하고 내포하게 되는지를 알게 되는 것이다. 그 점에서 감각적 소여로 주어진 지각이 얼마나 우리의 심리적 단층을 뒤흔들어 존재의 본질에 대한 감수성을 이끌어내게 하는지를 다음 시를 통해서도 알 수 있다. 가령, "유리창 한 장으로 들어온 햇살이 바닥에 앉았다. 환한 자리에 발을 담가본다. 손을 적셔본다. 따뜻하다"(「유리창 한 장의 햇살」)에서 내보이는 시각, 촉각 등의 통각은 감각이 존재라는 것을, 존재가 지각이라는 사실을 일깨워준다. '따뜻한 햇살'의 감각을 통해 존재의 존재성을 인식할 수 있고, 더 나아가 존재의 구원에 대한 간절함이나 존재 그 자체에 대한 깊은 애정을 드러낼 수가 있게 되는 것이다.

이로 볼 때 최석균의 시는 여상한 시가 아니다. 존재의 허기를 달래기 위해 존재의 본질에 해당하는 '신의 한 수'를 찾아 헤매는 기사棋士의 모습을 취하고 있거나, 삶과 사물에 대한 역설적 인식이나 통찰을 통해 현상 너머의 진리를 찾아 부유하는 시적 영혼의 모습을 내비치고 있다. 특히 존재의 본질을 성찰하고 그에 따른 존재의 구원의 문제를 심층적으로 다루기 위해 '바둑시'라는 하나의 새로운 길을 뚫고 가는 행로는 어떤 비장함과 함께 득의의 경지를 보여 주는 듯도 하다. 실험과 실천이 뒤범벅된 시적 고행과 수련 속에서 최석균 시인의 시적 특성은 기이하다 못해 처연하다. 존재론적 사색을 통해 인간의 근원적 구원을 꿈꾸는 시인의 시는 오늘의 우리 현실에서 일면적 경우는 복음이자 다른 경우는 묵시록으로 작용하고 있다. 그의 시적 풍경 속에 고통으로 아로새겨진 잠언들을 우리는 우리 시대의 영혼의 양식으로 흠향할 일이다.